EN VENTE : { Georges et Thérèse, comédie-vaudeville en deux actes.
Un Péché de Jeunesse, comédie mêlée de chant, en un acte.

LA FRANCE

DRAMATIQUE

AU DIX-NEUVIÈME SIÈCLE,

Choix de Pièces Modernes.

Odéon.

LES CONTRASTES,

COMÉDIE EN UN ACTE.

821—822.

PARIS,

C. TRESSE, ÉDITEUR,

ACQUÉREUR DES FONDS DE J.-N. BARBA ET V. BEZOU,

SEUL PROPRIÉTAIRE DE LA FRANCE DRAMATIQUE,

PALAIS-ROYAL, GALERIE DE CHARTRES, Nᵒˢ 2 ET 3,

Derrière le Théâtre-Français.

1843.

LES CONTRASTES,

COMÉDIE EN UN ACTE,

PAR M. DURAND DE BEAUREGARD,

Représentée pour la première fois, à Paris, sur le théâtre royal de l'Odéon,
le 10 avril 1843.

DISTRIBUTION DE LA PIÈCE.

M. DE LUSSEY, receveur des douanes......................... M.	BERT.
POLIXÈNE, } ses nièces................................. Mlles	BERTHAULT.
EUGÉNIE, }	VOLET.
MONTMORIN, capitaine de dragons........................... MM.	BOUCHET.
ERNEST DE GRAVILLE..........	BARON.
UN DOMESTIQUE de M. de Lussey	ERNEST.

La scène se passe à Neuilly chez de Lussey.

Le théâtre représente un salon de campagne assez élégant. Portes et croisées latérales. Une porte au fond
ouvrant sur un jardin. Un guéridon à droite, un canapé à gauche.

SCÈNE I.

LUSSEY, MONTMORIN.

(Lussey est assis près du guéridon et prend du chocolat. Montmorin est étendu sur le canapé et lit le journal à Lussey.)

MONTMORIN, nonchalamment.

« Hier, le roi a présidé le conseil des ministres.»

LUSSEY.

Cela lui arrive plusieurs fois par semaine... Passez à un autre article, mon cher Montmorin.

MONTMORIN, lisant d'abord froidement, puis s'animant par degrés.

« On écrit d'Arras : Les débuts de notre nou-
» velle troupe d'opéra ont été la cause innocente
» d'un affreux scandale. Le capitaine Frober-
» ville... » (Parlant.) Oh! oh! Froberville!... (Lisant.) « s'étant obstiné à siffler la Dugazon, ap-
» plaudie par toute la salle, a été lui-même l'ob-
» jet des huées universelles... »

LUSSEY, froidement.

La mauvaise tête!

MONTMORIN.

Un peu braque seulement... comme il faut
être! Je le reconnais bien là, ce cher Froberville!... (Lisant.) « Aussitôt le capitaine a jeté son
» gant au milieu du parterre, en demandant sa-

» tisfaction au public en masse... » (S'interrom-
pant.) Bravo! (Lussey fait un geste de pitié. — Lisant.) « On ne lui a répondu que par un hourra
» général. Un tumulte affreux s'en est suivi, la
» salle a été évacuée, et le capitaine mis aux ar-
» rêts par ordre de son colonel. »

LUSSEY, ricanant.

Cela lui rafraîchira les idées.

MONTMORIN.

Voilà qui est parlé en... receveur des douanes!

LUSSEY.

Et comment voulez-vous donc que je parle?

MONTMORIN, avec chaleur.

En homme, parbleu! Quoi! trois cents pour
insulter, et pas un pour répondre!... Ce pauvre
Froberville! un si bon camarade... avec lequel je
me suis battu cinq fois!... Aussi, sommes-nous
les meilleurs amis du monde... de loin.

LUSSEY, souriant.

De loin!

MONTMORIN.

Eh! sans doute! Vifs tous deux; aussi entêtés
l'un que l'autre, vous comprenez bien que de
près, il n'est pas facile de nous entendre?

LUSSEY.

Moi?... pas du tout!... Se battre avec un
ami!.. s'exposer à répandre son sang!...

MONTMORIN.

Oh! tout le mien serait à lui... s'il ne vous en était dû une bonne partie!

LUSSEY.

Je vous crois, mon cher Montmorin. Brave comme votre épée, vous portez dans l'amitié le dévoûment d'un néophyte... Aussi n'y a-t-il pas de jour que je ne me félicite d'avoir su vous retenir près de moi... grâce, j'en conviens, aux beaux yeux de l'aînée de mes nièces, la redoutable Polixène!

MONTMORIN.

C'est trop vous effacer, excellent monsieur de Lussey. Oubliez-vous qu'il y a trois mois, à mon retour d'Oran, d'où je rapportais plus de coups de soleil que de billets de banque, vous m'avez prouvé, en m'ouvrant généreusement votre bourse...

LUSSEY.

Une bagatelle, dans ma position!... et qui ne mérite pas...

MONTMORIN.

Ce n'est pas tout!... Vous possédiez deux nièces charmantes, dont vous êtes le second père; dix jeunes gens bien plus dignes que moi, bien plus riches du moins... oh! vous me l'avez dit vous-même, vous les demandaient en mariage, et vous les leur avez refusées... pourquoi?... Pour m'offrir la main de l'aînée, de la plus belle... et cela, sans que j'y eusse seulement pensé, tant j'aurais craint d'élever si haut mes prétentions. Je vous en fais juge : sont-ce là des choses qui s'oublient... même en 1843?... Aussi, ma reconnaissance...

LUSSEY.

Cesserait d'être douce et flatteuse, si elle n'était pas tout à fait méritée.

MONTMORIN.

Que dites-vous?

LUSSEY.

Je dis que je n'aurais probablement jamais songé à vous confier l'avenir de Polixène, si je n'eusse reconnu dans votre caractère un frère jumeau de celui de ma nièce; et dans vos habitudes, dans vos goûts... respectifs, un gage certain du bonheur que vous êtes appelés à goûter dans une heureuse union.

MONTMORIN, souriant.

Comment! c'est à mon caractère que je dois?.. (A part.) Je ne m'en serais jamais douté!

LUSSEY.

Oui, mon cher. Ayant deux nièces à établir, fardeau bien lourd pour une responsabilité d'oncle, j'ai dû... par état, étudier le monde. Or, grâce à une certaine perspicacité, je n'ai pas tardé à découvrir que s'il existe à Paris tant d'époux qui maudissent leur sort, c'est que les unions qu'on y contracte sont entachées, presque toujours, d'un vice... d'un vice radical.

MONTMORIN.

D'un vice radical?

LUSSEY.

Oui... Que deux partis se présentent : c'est le plus riche ou le plus noble qu'on choisira tout d'abord; tandis que, le plus souvent, c'était à l'autre qu'il eût fallu donner la préférence; à l'autre, qui, sans doute, aurait mis des cachemires moins beaux dans la corbeille, ou de moins larges écussons sur les voitures, mais qui, en revanche, aurait eu dans ses apports une conformité... morale bien plus grande avec sa prétendue; et c'est là le point essentiel!

MONTMORIN, souriant.

Ce n'est pas moi qui vous contredirai!

LUSSEY.

Aussi, sans m'arrêter aux considérations ordinaires, tandis que je faisais choix de vous pour Polixène, mon heureuse étoile me faisait déterrer, il y a un mois à peine, dans une maison de campagne de nos environs, le type de mari que j'avais rêvé pour Eugénie, ma seconde nièce, aussi douce, aussi soumise, aussi modérée dans ses goûts, que sa sœur Polixène est impérieuse, volontaire et violente dans ses inclinations presque... militaires!

MONTMORIN, souriant.

Une vraie *dame* de garnison! C'est bien ce qu'il me faut!.. Avec une franchise égale à la vôtre, permettez-moi seulement de vous faire observer que le futur de votre seconde nièce, M. Ernest de Graville, me semble, pour un homme, passablement... femmelette.

LUSSEY.

C'est précisément ce qui m'a charmé en lui!... Élevé sous l'aile maternelle... de sa tante, la chanoinesse de Graville, il a toute la retenue, toute la candeur d'un novice.

MONTMORIN, riant.

Dites plutôt d'une novice!

LUSSEY.

D'une novice, soit... Mais ne sentez-vous pas que ces... imperfections, si vous voulez, mises en contact avec les qualités d'Eugénie, seront un avantage véritable? qu'il y aura dans leurs idées harmonie parfaite? et que...

MONTMORIN,

Morbleu! un homme doit toujours être... un homme!

LUSSEY.

C'est selon.

MONTMORIN.

Comment, c'est selon?

LUSSEY.

Calmez-vous, mon ami; voici mes nièces.

SCÈNE II.

LES MÊMES, POLIXÈNE, EUGÉNIE.

(Polixène est en costume de chasse, avec un fusil à la main. Eugénie a une ombrelle, des gants et une tenue de campagne très soignée.)

EUGÉNIE, à un jardinier.

Très bien, Guillaume. Mes camélias auront de l'eau jusqu'à demain; à six heures, seulement, un coup d'arrosoir à mes renoncules et à mes jacinthes.

POLIXÈNE, à un domestique.

Vous, déposez à l'office ces trois lapins.

(Elle se débarrasse de sa carnassière.)

MONTMORIN.

Trois lapins!... Vous avez donc été plus matinale que le soleil?

POLIXÈNE, raillant.

Ah! vous savez qu'il se lève de bonne heure? Je vous croyais encore au lit, monsieur Montmorin?

LUSSEY.

A dix heures! y penses-tu, Polixène?

POLIXÈNE.

Qu'y aurait-il d'étonnant? Autrefois les colonels faisaient de la tapisserie, aujourd'hui, les capitaines de dragons...

MONTMORIN.

Dorment la grasse matinée, quand ils n'ont rien de mieux à faire. Oh! je puis en convenir sans honte, j'ai été si souvent sur pied dès l'aurore, pour souhaiter le bonjour aux Bédouins, que c'est bien le moins que je me dédommage, puisque je me trouve à Neuilly, à deux lieues de la Capoue moderne, où je prends mes quartiers d'hiver... en été!

EUGÉNIE.

Ce que dit M. Montmorin me semble fort raisonnable... La guerre est un rude métier, dit-on; et, après le travail, ne faut-il pas toujours un peu de repos?

POLIXÈNE.

En est-il de plus digne d'un militaire que la chasse? N'y respire-t-on pas encore l'odeur de la poudre?

MONTMORIN.

C'est peut-être pour cela que je l'apprécie peu! Le salpêtre a un magnifique parfum, j'en demeure d'accord; mais je l'ai senti tant de fois!... l'histoire du pâté d'anguille, vous savez?

POLIXÈNE.

Ce que je sais mieux encore, c'est que je ne comprends rien aux hommes! Ils possèdent tous les droits; depuis celui de sacrifier leur vie pour leur pays, jusqu'à celui de la jouer, pour un mot, avec le premier venu. Ils peuvent, à leur gré, al-

ler, venir, parcourir le monde en tous sens; se livrer aux entreprises les plus hardies comme aux exercices les plus périlleux; et ceux qu'on répute les plus braves, les plus fous, si l'on veut, comme monsieur Montmorin, par exemple, dédaignent de si grands avantages... ou n'en profitent qu'à demi!... Oh! si j'étais un...

LUSSEY, souriant.

Il est positif que tu as manqué ta vocation!

POLIXÈNE.

Par malheur, je ne suis qu'une femme! et comme telle, condamnée à perpétuité à manier une aiguille et à conduire un ménage! (Changeant de ton.) A quelle heure montons-nous à cheval aujourd'hui?

LUSSEY.

Aujourd'hui... c'est impossible! ma goutte est d'une méchanceté, ce matin... (Avec intention.) Et, d'ailleurs, certaines occupations...

POLIXÈNE.

Pauvre oncle, ne vous gênez pas!... Monsieur Montmorin, qui a fait provision de repos, et n'a ni goutte, ni rhumatisme, je suppose, ne refusera sans doute pas de m'accompagner?

MONTMORIN.

Vous refuser!... je m'en garderai bien! Un plaisir de plus!... (A part.) et une séance de trictrac de moins; c'est tout gain!

LUSSEY.

Un moment!... Vous n'y songez pas... à la veille de signer votre contrat, un pareil tête-à-tête serait peu... régulier, et je ne puis l'autoriser.

POLIXÈNE.

Mais, mon oncle...

LUSSEY.

Je te le répète, les bienséances s'y opposent; et à moins qu'Eugénie, par dévoûment...

EUGÉNIE, souriant.

Moi! escalader un cheval! vous voulez rire? J'ai peur sur un âne!

LUSSEY.

Alors, n'en parlons plus.

POLIXÈNE.

Quel ennui!... Et que faire de ma journée à présent?

LUSSEY.

Tu la passeras à lire ce roman nouveau. (Il lui désigne un volume qui se trouve sur le guéridon.)

POLIXÈNE.

Je vous remercie, je n'ai pas sommeil!

MONTMORIN.

Et moi qui, pour être frais et dispos, m'étais levé deux heures plus tard!

LUSSEY.

Rassurez-vous, le trictrac vous dédommagera.

MONTMORIN, à part.

Il était écrit que je ne l'échapperais pas!

POLIXÈNE, à part.

C'est insupportable !

MONTMORIN, à part.

J'enrage !

UN DOMESTIQUE, annonçant.

Monsieur Ernest de Graville.

POLIXÈNE.

Un homme ! nous sommes sauvés !

ooooooooooooooooooooooooooooooooooooooooooooooooooooooooooo

SCÈNE III.

LES MÊMES, ERNEST.

ERNEST.

J'ai l'honneur de saluer monsieur de Lussey...
Je vous souhaite le bonjour, mademoiselle Eugénie... Mademoiselle Polixène, je...

POLIXÈNE, vite.

Trêve de cérémonie ! Vous montez à cheval
avec nous, n'est-il pas vrai ? Aujourd'hui... dans
un instant... c'est convenu.

ERNEST.

Moi !... Je ne dis pas... car, enfin, je serais
charmé de vous être agréable... Ce serait même
un plaisir pour moi... mais ma tante n'aime pas...
ne veut pas...

POLIXÈNE.

Sa tante !

LUSSEY.

Eh ! oui, la chanoinesse.

MONTMORIN, riant.

Elle a peur qu'il ne se rompe le cou !

ERNEST, naïvement.

C'est vrai.

MONTMORIN, raillant.

Et, vous-même, ne craignez-vous pas aussi.,..

ERNEST.

Dam !

MONTMORIN, à part, à Lussey.

Quand je vous disais que ce n'était pas un
homme !

LUSSEY, de même à Montmorin.

Vous n'y êtes pas !... ruse d'amoureux pour
rester avec sa prétendue ! (Haut à Ernest.) Je gage,
mauvais sujet, que vous préférez ne pas quitter
Eugénie ?

ERNEST, doucereusement.

Oh ! oui !

LUSSEY, à Montmorin.

J'en étais sûr !

POLIXÈNE, avec humeur.

En attendant , voilà notre partie manquée !
Quel supplice d'être femme... et demoiselle, par
dessus le marché !

LUSSEY, avec bonté.

Allons, console-toi, en pensant à la surprise
que je te préparais... à ton contrat de mariage,

qui sera signé ce soir même... Hein ? qu'en dis-
tu ?

POLIXÈNE.

Je dis... je dis que c'est fort heureux, car la
patience commençait à m'échapper !

MONTMORIN, à demi-voix.

Et à moi, donc !

LUSSEY.

Récapitulons : ce soir le contrat, auquel tous
nos amis doivent assister, sans compter mon ministre... Mon ministre, entendez-vous ? qui a bien
voulu me promettre... et demain, la bénédiction
nuptiale, la noce.

POLIXÈNE.

Enfin !

MONTMORIN, à Lussey.

Tenez, voilà qui me réconcilie...

LUSSEY, souriant.

Avec moi ?

MONTMORIN.

Non pas ! avec le trictrac !... Le temps de passer
un habit, et je suis à vous pour toute la journée.
C'est trop juste... (A part.) pour ma dernière partie !   (Il sort par la droite.)

POLIXÈNE.

C'est égal, quand on avait formé un projet, il
est pénible...

LUSSEY.

Tu dis ?...

POLIXÈNE.

Que je vais vite changer de robe, pour ne plus
penser à ma cavalcade d'aujourd'hui !

(Elle sort par la gauche.)

ooooooooooooooooooooooooooooooooooooooooooooooooooooooooooo

SCÈNE IV.

LUSSEY, ERNEST, EUGÉNIE.

ERNEST, poussant un soupir.

Quel beau jour pour eux !

LUSSEY.

Le vôtre viendra... soyez tranquille. Que la
chanoinese se hâte d'en finir avec le procès qui la
retient à Rouen... qu'elle arrive... et vous n'aurez
plus rien à leur envier.

ERNEST.

Que vous êtes bon !

LUSSEY.

Je le sais parbleu bien ! Et je fais mieux, je le
prouve... en ayant en ce moment des ordres à
donner, ce qui vous ménagera un tête-à-tête de
quelques minutes dans ce petit salon... (Avec satisfaction.) A bientôt, heureux fiancés !... (A demi-
voix et en souriant à Ernest.) N'allez pas vous
émanciper, mon gaillard !   (Il sort.)

SCÈNE V.

ERNEST, EUGÉNIE.

ERNEST, à part.

Seuls!... je ne sais pourquoi?... mais je... je tremble.

EUGÉNIE, à part.

A quoi pense mon oncle? nous laisser ainsi tous les deux !

ERNEST, à part.

Il faudrait lui parler... trouver quelque chose... et... je ne trouve rien.

EUGÉNIE, à part.

Je ne puis pourtant pas commencer !

ERNEST.

Allons, du courage !.. (Haut.) Mademoiselle !..

EUGÉNIE.

Monsieur. (Avec une légère impatience et à part.) C'est très embarrassant qu'il ne se décide pas!

ERNEST, à part.

Je ne me rappelle plus ce que je voulais dire, à présent. (Haut.) Ah !... il fait beau temps, aujourd'hui !

EUGÉNIE.

C'est suivant... il pleut !

ERNEST, troublé.

Ce n'est pas moi qui vous démentirai, au moins !

EUGÉNIE, souriant.

Non, c'est le ciel.

ERNEST.

Le ciel ! c'est aussi lui que je prends à témoin que je vous rendrai heureuse !

EUGÉNIE.

Je vous crois, monsieur Ernest.

ERNEST.

Et pour commencer, je ferai toutes vos volontés.

EUGÉNIE, étonnée.

Toutes mes volontés !

ERNEST.

Ainsi que ma tante me l'a bien recommandé. Elle prétend qu'il devrait toujours en être ainsi en ménage !

EUGÉNIE, souriant à demi.

Quoi! votre tante prétend?...

ERNEST.

Sans doute... Et puis, vous êtes si douce, que ça ne me coûtera nullement, je vous assure.

EUGÉNIE, sérieusement.

C'est égal, n'est-ce pas au mari, je ne dis pas à imposer... oh ! le mot rendrait bien mal ma pensée, mais à faire partager à sa compagne ses idées, fondées sur leur intérêt mutuel?.. Ne doit-il pas,

en un mot, être son protecteur, son guide, en même temps que son ami?

ERNEST.

Votre ami ! Oh ! je ne demande pas mieux ! et pourvu que vous parveniez à vous entendre sur le reste avec ma tante...

EUGÉNIE, avec un petit mouvement d'humeur et à part.

Encore sa tante ! (Haut.) A Dieu ne plaise que je blâme une juste déférence envers ses parens ! L'affection, le respect qu'on leur porte, sont un bonheur encore plus qu'un devoir... mais il me semble qu'un homme marié se doit également et... avant tout peut-être, à sa femme?

ERNEST.

C'est bien mon sentiment, et vous pouvez croire que c'est aussi celui...

EUGÉNIE, avec un peu d'humeur.

De votre tante, je le crois ! Il n'est pas moins vrai qu'il est toujours fâcheux qu'un tiers intervienne sans cesse dans les détails d'intérieur.

ERNEST.

Cela vous contrariera donc bien ?

EUGÉNIE.

Pouvez-vous le demander ?

ERNEST, à part.

Moi qui lui croyais un si bon caractère !

EUGÉNIE, à part.

Aurait-on été trop vite? Heureusement, j'ai du temps pour réfléchir !... (Haut, avec satisfaction.) Ah ! voici mon oncle !

SCÈNE VI.

LES MÊMES, LUSSEY, une lettre à la main.

LUSSEY.

Réjouissez-vous, mes enfans, j'apporte d'excellentes nouvelles... Cette lettre de la chanoinesse m'apprend que son procès est gagné avec tous les honneurs de la guerre... elle sera de retour ce soir même.

EUGÉNIE.

Ce soir !

LUSSEY.

Ainsi votre mariage pourra, à la rigueur, avoir lieu demain.

EUGÉNIE.

Demain !

LUSSEY.

Oui ; en même temps que celui de Polixène et de Montmorin... Quelques formalités seulement à remplir... mais je me charge de tout... grâce à un peu d'activité...

EUGÉNIE, vivement.

Et votre goutte, mon oncle ?

LUSSEY, gaillardement.

Je ne la sens plus !

ERNEST, à demi satisfait.

C'est donc pour demain ?

LUSSEY.

On dirait que cela ne vous fait pas plaisir ? (Riant.) Trouvez-vous, par hasard, la mariée trop jolie ?

ERNEST.

Oh ! non !... c'est que...

LUSSEY.

Et Eugénie qui a l'air de faire la moue, à présent... Que s'est-il donc passé entre vous ?

EUGÉNIE, embarrassée.

Rien... je vous assure.

LUSSEY.

Que diable ! je t'assure le contraire, moi !... (Se frappant le front.) Bah ! j'y suis !... une querelle d'amoureux ! J'ai connu cela, dans ma jeunesse !.. C'est si bon de se disputer quand on s'aime !

ERNEST, naïvement.

Pourquoi donc ?

LUSSEY, lui tapant familièrement sur l'épaule.

Parce qu'on a le plaisir de se raccommoder, petit sournois !...

oooooooooooooooooooooooooooooooooooooooooooooooooo

SCÈNE VII.

LES MÊMES, MONTMORIN.

MONTMORIN.

Ah ! nous voici, moi et une idée.

LUSSEY.

Une idée ! ce n'est pas chose commune.

MONTMORIN.

Et qui m'est venue sans effort, tout en m'habillant. Si nous jouions au whist ?

LUSSEY.

Au whist !

MONTMORIN.

Ça varierait au moins !... Et ça doit être plus amusant que le trictrac ?

LUSSEY.

Il n'y a qu'un malheur , c'est qu'Eugénie n'a touché une carte de sa vie.

EUGÉNIE, souriant.

Le jeu est une si affreuse passion !

MONTMORIN , riant.

Alors je m'empare de M. Ernest !... et je le défie bien, pour le coup, d'invoquer le veto de la chanoinesse !

ERNEST, timidement.

Chez ma tante, je jouais tous les dimanches.

LUSSEY, plaisantant.

Tous les dimanches ! Peste !

ERNEST, vivement.

Mais à deux sous la fiche !... N'allez pas croire au moins que je sois un joueur !

LUSSEY, souriant.

Dieu m'en préserve ! J'ai pleine confiance en vous sous ce rapport , comme sous tous les autres.

ERNEST, avec embarras.

Vous , peut-être ?.. Mais Mlle Eugénie qui n'aime pas le jeu , ne concevra-t-elle pas des inquiétudes?.. (A Eugénie.) Je ne sais, en vérité, si je dois accepter ?

EUGÉNIE, un peu sèchement.

Il me semble , monsieur , que cela vous regarde.

ERNEST, à part.

Qu'a-t-elle donc ? Elle n'est guère aimable aujourd'hui !

MONTMORIN.

J'y songe ! En vous comptant, nous ne sommes encore que trois.

LUSSEY.

N'avons-nous pas Polixène qui joue au whist , comme Spolart jouait au billard !

MONTMORIN.

Bravo ! Voilà au moins un talent utile pour une femme... à la campagne ! Et quand on n'est que trois ! Justement la voici.

ooooooooooooooooooooooooooooooooooooooooooooooooo

SCÈNE VIII.

LES MÊMES, POLIXÈNE.

LUSSEY, à Polixène.

Très bien , nous comptons sur toi pour faire un quatrième au whist.

POLIXÈNE.

Au whist, le jour ! fi donc ! Je viens de faire disposer l'escarpolette et , faute de mieux, nous allons... (Elle fait le geste de se balancer.)

MONTMORIN, à part.

Le jour où l'on passe son contrat ! Quelle tête !

LUSSEY.

Imprudente ! je m'y oppose !

MONTMORIN.

Et moi de même !... Les piquets ne sont seulement pas solides... L'autre jour, le percepteur a failli se casser une jambe.

POLIXÈNE, raillant.

Craignez-vous pour les vôtres ?

MONTMORIN, galamment.

Ingrate ! y serais-je donc seul ?

POLIXÈNE.

C'est un peu fade... n'importe ! c'est une preuve d'intérêt, et je veux vous en récompenser en vous apprenant l'arrivée du notaire.

EUGÉNIE, à part.

Déjà !

MONTMORIN.

Qu'il soit le bien-venu !

POLIXÈNE, à Lussey.

Il s'est installé dans votre cabinet.

LUSSEY.

Tant mieux, car il aura double besogne...
Deux contrats à rédiger.

EUGÉNIE, à part.

Comment retarder ?

LUSSEY, à Ernest.

Désolé de vous arracher à vos amours, mon
cher Amadis ; mais un contrat de mariage est
un acte synallagmatique, comme disent messieurs
les notaires ; il a besoin du concours de deux
volontés, et...

ERNEST.

Je vous suis.

EUGÉNIE, vivement.

Je voudrais aussi vous parler !

LUSSEY.

Voyons ; je vais te le rendre... As-tu peur que
je ne le vole ?... (A part.) Ces jeunes filles sont
étonnantes !

EUGÉNIE, vivement.

Ce que j'ai à vous dire est pressé !

LUSSEY.

Venez alors tous les deux, car je suppose que
la rédaction de ton contrat ne l'est pas moins ?

EUGÉNIE, à demi-voix et avec embarras.

C'est en particulier que je désirerais vous en-
tretenir...

LUSSEY.

Oh ! c'est différent ! (A part.) Quelque tendre
confidence ! (Haut.) En ce cas, vous aurez au-
dience l'un après l'autre, et vu les lois de la galanterie, c'est par toi, ma nièce, que je commen-
cerai. C'est trop juste ! Allons, arrivez.

(Il passe un de ses bras sous le bras de chacun d'eux,
et ils sortent tous les trois.)

ooooovoooooooooooobooodoobbooooooooooooooooooooooo

SCÈNE IX.

POLIXÈNE, MONTMORIN.

MONTMORIN.

L'excellent oncle !

POLIXÈNE, avec satisfaction.

Et dire que demain nous serons mariés !

MONTMORIN, galamment.

N'importe ; quand le bonheur est au bout, la
faction paraît toujours longue !

POLIXÈNE.

Il y a moyen de l'abréger ! Causons de nous,
de nos projets, de notre avenir.

MONTMORIN.

C'est cela !

POLIXÈNE.

Par où commencerons-nous ?

MONTMORIN.

Réglons d'abord notre intérieur.

(Il tire des tablettes de sa poche.)

POLIXÈNE.

Bien dit ! La première chose à faire sera d'a-
cheter deux chevaux de selle... deux anglais,
bien entendu ; nous nous respectons trop pour en
monter d'autres !

MONTMORIN.

Et deux normands pour la voiture... car, en ma
qualité d'officier de cavalerie, je ne sais plus aller
à pied !... Le coupé de chez Erhler... c'est le seul
carrossier qui sache donner de la physionomie à
un coupé !

POLIXÈNE.

Ne trouvez-vous pas que, pour l'été, une calèche serait plus légère ?

MONTMORIN.

Mais un coupé est bien plus chaud pour
l'hiver.

POLIXÈNE.

C'est vrai ; et pourtant...

MONTMORIN.

Je vois que vous tenez à la calèche ?

POLIXÈNE.

Tandis qu'un coupé vous semblerait plus...

MONTMORIN.

Comment nous concilier ?

POLIXÈNE, après avoir réfléchi.

En les ayant tous les deux !

MONTMORIN.

C'est juste, parbleu ! l'idée est lumineuse ; et
je l'adopte !

POLIXÈNE, près avoir réfléchi.

Inscrivez une meute considérable et une pro-
priété giboyeuse... L'une ne va pas sans l'autre... et vous connaissez ma passion pour la
chasse ?

MONTMORIN, écrivant.

Accordé !.. En revanche, je couche deux dîners
par semaine... non de cérémonie... mais d'an-
ciens camarades, de vrais amis... C'est à table
surtout qu'on apprécie les siens !

POLIXÈNE.

Et pour moi qui raffolle de la valse ; notez,
je vous prie, trois bals dans la saison !

MONTMORIN, écrivant.

Dirigés par Tolbecque ; cela coule de source.

POLIXÈNE.

Où avais-je la tête ?... J'oubliais ce poney de
chasse que Crémieux vous proposait l'autre
jour !

MONTMORIN.

Celui-là ?...Oh ! non pas!

POLIXÈNE, étonnée.

Et pourquoi, s'il vous plaît ?

MONTMORIN.

Franchement, il en demande trop cher... Et

d'ailleurs , notre écurie renferme déjà quatre chevaux.

POLIXÈNE.

C'est pour la promenade !

MONTMORIN.

A la rigueur, ne pourront-ils pas à eux quatre remplacer un poney ?

POLIXÈNE.

A la chasse ? impossible !

MONTMORIN.

Mais non !

POLIXÈNE, avec un peu d'humeur.

Mais si ! J'aimerais mieux retrancher sur quelqu'autre chapitre !

MONTMORIN , examinant ses tablettes et calculant avec ses doigts.

Cela ne suffirait pas.

POLIXÈNE.

Que voulez-vous dire ?

MONTMORIN, avec une légère humeur.

Je dis parbleu qu'en additionnant tout, même mon traitement de capitaine , auquel vous voudriez encore qu'une démission me fit renoncer , nous n'avons, pour le moment, que 17,000 fr. de revenus !...

POLIXÈNE, avec humeur.

Après ?

MONTMORIN, avec humeur.

Et qu'au train dont nous y allons , plus de 50,000 francs seraient nécessaires pour balancer seulement notre courant.

POLIXÈNE, avec humeur.

Allons donc !... (Changeant de ton.) Au fait, cela peut être vrai... Eh bien ! faisons comme l'opposition , épluchons avec soin le budget des dépenses... portons sans pitié nos ciseaux sur toutes celles dont l'utilité ne sera pas bien constatée !

MONTMORIN.

A la bonne heure !

POLIXÈNE, après avoir réfléchi.

Malheureusement , plus j'examine, et plus je trouve que supprimer une seule de mes dépenses sera bien difficile.

MONTMORIN , après avoir réfléchi.

Décidément , biffer un sou sur les miennes est impossible !

POLIXÈNE, avec humeur.

Impossible ! Vous devrez pourtant bien en passer par là ! A quoi bon deux chevaux de voiture, par exemple ? .

MONTMORIN.

Et deux chevaux de selle donc ?

POLIXÈNE.

Et vos festins ?... Comme si la bonne chère n'était pas la ruine de l'estomac !

MONTMORIN.

Et vos bals ?... Comme si la valse était indispensable à la santé !

POLIXÈNE.

Il faudra bien que l'un de nous deux fléchisse cependant, et certes, ce ne sera pas moi !

MONTMORIN.

Ni moi, assurément !

POLIXÈNE.

Mais qui donc alors ?

MONTMORIN.

Celui de nous deux qui sera dans l'erreur.

POLIXÈNE.

Je m'en rapporte à qui vous voudrez !

MONTMORIN.

Moi de même.

POLIXÈNE.

Eh bien ! à... Eugénie.
(On aperçoit Eugénie dans le jardin qui est au fond du théâtre.)

MONTMORIN.

Corbleu ! j'y consens ; car elle ne peut me donner tort !

POLIXÈNE.

Et moi , je réponds d'avance qu'elle me donnera raison ! (Elle l'appelle.) Psith ! Psith ! Eugénie !

MONTMORIN , allant au devant d'Eugénie.

Mademoiselle Eugénie !

oooooooooooooooooooooooooooooooooooooooooooooooooooo

SCÈNE X.

LES MÊMES , EUGÉNIE.

EUGÉNIE.

Que désirez-vous ?

POLIXÈNE.

Que tu sois notre arbitre.

MONTMORIN.

Notre juge suprême ! nous nous engageons à ne pas appeler de votre sentence !

POLIXÈNE.

A suivre en aveugle tes avis !

EUGÉNIE.

De quoi s'agit-il ?

MONTMORIN.

C'est mademoiselle qui voudrait passer sa vie à galoper au bois de Boulogne !

POLIXÈNE.

C'est monsieur qui entend perdre la sienne à se prélasser en carrosse !

EUGÉNIE.

De grâce , expliquez-vous plus clairement.

MONTMORIN, vite.

Le beau plaisir de faire éventrer des chiens !

POLIXÈNE , vite.

L'aimable récréation de griser ses amis !

MONTMORIN, vite.

Une prodigue ! Si je l'écoutais, nous dépenserions en un mois une année de nos revenus !

POLIXÈNE, vite.

Un égoïste ! A lui seul, il les mangerait en quinze jours !

EUGÉNIE, souriant.

Parlez au moins chacun à votre tour.

POLIXÈNE.

Je demande à avoir la parole la première !

MONTMORIN.

Qu'on me permette seulement de raconter les faits !

POLIXÈNE.

Pour les tronquer, n'est-ce pas ?.. Je m'y oppose !

MONTMORIN.

Veuillez, s'il vous plaît, ne pas me prêter vos intentions !

POLIXÈNE.

Monsieur !

MONTMORIN.

Mademoiselle !

EUGÉNIE.

Permettez...

POLIXÈNE.

Un tel entêtement passe toutes les bornes !

MONTMORIN.

Une pareille obstination n'est pas croyable !

POLIXÈNE.

Vous céderez, monsieur, vous céderez... ne fût-ce que par égard pour une femme !

MONTMORIN.

Vous céderez plutôt vous-même, par considération pour des droits que, dès demain, vous serez bien forcée de reconnaître !

POLIXÈNE, furieuse.

Des droits !.. C'est ce que nous verrons ! Et pour commencer, je vous déclare ici, très positivement et en présence de témoin, que je ne retrancherai pas ça (Elle fait claquer son ongle avec sa dent.) de mes trop légitimes prétentions !... Des droits ! Allons donc !   (Elle sort furieuse.)

∞∞∞∞∞∞∞∞∞∞∞∞∞∞∞∞∞∞∞∞∞∞∞∞∞∞∞∞∞∞∞∞∞∞∞∞

SCÈNE XI.

MONTMORIN, EUGÉNIE.

MONTMORIN, fort animé.

Quel affreux caractère !... quand j'ai mis une douceur dans mes observations...

EUGÉNIE, souriant.

Remettez-vous, ou je ne pourrai vous croire... même sur parole !

MONTMORIN.

En un mot, n'ai-je pas raison ?

EUGÉNIE.

C'est possible ; car je ne suis qu'à peu près au courant...

MONTMORIN.

En supposant... ce qui n'est pas ! que j'aie quel-

ques reproches à me faire, sur le point d'être unis, presque époux déjà, je vous le demande à vous-même, à la place de votre sœur, agiriez-vous comme elle ?

EUGÉNIE.

Non... je céderais... si toutefois mon mari était inflexible.

MONTMORIN.

Vous voyez bien !

EUGÉNIE, souriant.

Attendez !... et en effet, si un mari a des goûts de dépense qui ne soient pas en rapport avec sa fortune ; sa femme, sa meilleure amie, doit lui faire, avec douceur, des représentations, et se soumettre ensuite, s'il le faut... parce que c'est son devoir.

MONTMORIN, fort radouci.

Toujours ?

EUGÉNIE.

Oui, toujours. (Souriant.) Je suis d'ailleurs persuadée que la raison doit finir par l'emporter sur les esprits... même les plus opiniâtres !

MONTMORIN, tout à fait radouci.

Mais enfin, ai-je donc tort ?

EUGÉNIE, souriant.

Peut-être !

MONTMORIN.

Comment ?

EUGÉNIE.

A mon tour, c'est à vous que je m'adresse... Tout ne doit-il pas être commun dans un bon ménage ?... Et serait-il juste que l'un se passât toutes ses fantaisies, tandis que l'autre n'aurait pas même le nécessaire ?

MONTMORIN.

Dieu me garde d'une pareille pensée !

EUGÉNIE.

Je connais votre cœur... et pourtant c'est là ce qui arriverait si, avec des revenus fort au dessous de vos dépenses (Souriant.) vous, le pouvoir souverain, vous teniez à ne rien rabattre sur vos amusemens.

MONTMORIN.

Eh bien ! si je n'empêchais pas ma femme...

EUGÉNIE.

De ne se priver de rien... de vous ruiner !... Est-ce là ce que vous voulez dire ?... Pour vous préparer à tous deux un avenir déplorable... pour le créer à vos enfans, malheureux par votre faute et à qui vous n'auriez pas même une excuse passable à donner ?...

MONTMORIN, ému.

Oh ! ce serait indigne !... et vous venez de m'ouvrir les yeux !... Je le proclame tout haut, c'est un trésor qu'une amie telle que vous.

EUGÉNIE, souriant.

Flatteur !

MONTMORIN.

Je suis sincère.

2

EUGÉNIE.

Prouvez-le moi.

MONTMORIN.

Je ne demande pas mieux. Parlez !

EUGÉNIE, souriant.

Je n'ai confiance que dans les actes, je vous en avertis !

MONTMORIN.

Dites comment je dois m'y prendre, après la façon d'agir si hautaine... après la déclaration si formelle de votre sœur... et j'obéis !

EUGÉNIE.

Soyez raisonnable ; faites le premier pas, comme il appartient toujours au plus fort.

MONTMORIN, avec résolution.

Jamais !

EUGÉNIE, souriant.

A quoi bon réclamer des conseils, si vous êtes décidé d'avance à ne pas les suivre ?

MONTMORIN.

Eh bien ! j'essaierai... mais uniquement pour vous montrer ma déférence ! Tenez... j'ai une idée excellente pour me réconcilier avec Polixène. (A part.) C'est la seconde d'aujourd'hui ! (Haut.) Et je vais la mettre sur le champ à exécution.

EUGÉNIE, souriant et lui tendant la main.

A la bonne heure, voilà qui vous rend toute mon estime.

MONTMORIN.

Avec vous, il n'y a que du plaisir à la mériter ! Vous êtes charmante !

(Il lui baise respectueusement la main.)

ooooooooooooooooooooooooooooooooooooooooooooooooooooooo

SCÈNE XII.

LES MÊMES, ERNEST.

(Il entre au moment où Montmorin dit : Vous êtes charmante.)

ERNEST.

Qu'entends-je ?... que vois-je ?... (D'un ton pleurard.) Ah ! mademoiselle ! c'est bien mal, ce que vous faites là !

EUGÉNIE.

Vous êtes dans l'erreur, je vous jure.

ERNEST, avec douleur.

Eh ! comment ne pas en croire mes yeux ?

MONTMORIN.

Puisqu'on vous affirme que c'était à bonne intention, et par forme de remerciement... Corbleu ! rentrez vos larmes !

EUGÉNIE.

Monsieur vous dit la vérité.

ERNEST.

La vérité !... quand tout à l'heure encore vous venez de supplier votre oncle de retarder notre mariage !

EUGÉNIE.

Ce n'est pas une raison.

ERNEST.

Et n'ai-je pas entendu de mes oreilles ?... vu de mes...

EUGÉNIE.

Allons, revenez à vous. Oubliez-vous donc que demain monsieur sera l'époux de ma sœur ?... Et quant à moi, qui me forcerait à vous donner ma main ? De nos jours, on ne contraint personne !

ERNEST.

Il est vrai ; cependant...

EUGÉNIE, avec dignité.

Vous réfléchirez, vous dis-je, qu'il s'agit de l'acte le plus important de ma vie, et, en présence de nos relations si récentes, vous trouverez mes hésitations toutes naturelles !... Oui, monsieur Ernest, vous jugerez... (Avec hésitation.) surtout après notre conversation de ce matin, qu'il était nécessaire de nous mieux connaître avant d'en venir à une résolution irrévocab'... et, je l'espère, vous serez alors le premier à approuver ma conduite.   (Elle salue et sort.)

ooooooooooooooooooooooooooooooooooooooooooooooooooooooo

SCÈNE XIII.

MONTMORIN, ERNEST.

MONTMORIN, avec enthousiasme.

Parfait !

ERNEST, voulant suivre Eugénie.

Néanmoins...

MONTMORIN, l'arrêtant.

Un instant !... que diable !... je vous croyais de meilleure composition ! Suivez ses conseils, je vous le répète, c'est le parti le plus sage que vous ayez à prendre !

ERNEST.

Mais monsieur...

MONTMORIN.

Pour mon compte, je vais en faire autant ; car Mlle Eugénie, voyez-vous, c'est...

ERNEST.

La raison, peut-être ?

MONTMORIN, avec feu.

Bah ! la raison !... c'est une syrène ! une enchanteresse ! une Armide !

ERNEST.

Une Armide !

MONMORIN, avec feu.

Oui, près d'elle, et malgré soi, on se sent subjugué par un charme tout particulier, par une fascination inconnue !... Elle sait, en un mot, si bien vous envelopper dans ses douces paroles, que, sans peine, sans effort, on abandonne ses principes les plus solides, ses convictions les mieux arrêtées, pour se laisser guider juste au point où il lui plaît de vous conduire !

ERNEST, à part.

Quel enthousiasme !

MONTMORIN.

Ah ! quelle femme vous aurez là ! et que d'envieux vous allez faire, fortuné mortel ! !

(Il sort.)

SCÈNE XIV.

ERNEST, seul.

Moi exciter l'envie !... Il me semble qu'on ne prend guère les moyens de me le persuader !... Que croire ? Que faire surtout ? Si encore ma tante était ici !... mais personne... personne que ma future, sur laquelle je puis moins compter que sur tout autre !... Sais-je seulement si elle m'aime ?... Si je m'en rapporte aux apparences, elle me trompe ! Et pour accroître mon embarras, elle ne cesse de me dire : « Agissez en homme, agissez par vous-même... » Comme si c'était facile, quand on n'en a pas l'habitude !

SCÈNE XV.

ERNEST, POLIXÈNE.

POLIXÈNE, entrant et à part, sans voir Ernest.

J'ai peut-être été trop loin avec Montmorin, et si ce n'était l'entêtement qu'il y a mis, il serait possible que sur la dépense... (Apercevant Ernest.) Ah ! c'est vous, monsieur Ernest ?

ERNEST.

Hélas ! oui, mademoiselle.

POLIXÈNE.

Cette figure bouleversée !... Vous serait-il arrivé un malheur ?

ERNEST.

A peu près.

POLIXÈNE.

Contez-moi cela ; car vrai, je m'intéresse à vous, qui êtes un bon petit jeune homme, doux et d'un commerce facile, au moins !

ERNEST, naïvement.

A quoi cela sert-il ?

POLIXÈNE.

Mais d'abord, à empêcher les gens de se mettre en colère !... Puis à rendre la vie agréable à ceux avec qui l'on est destiné à la passer.

ERNEST.

Pourquoi donc Mlle Eugénie prétend-elle le contraire ?

POLIXÈNE.

Ma sœur ne sait ce qu'elle dit !

ERNEST.

D'où vient qu'elle se fâche quand je lui proteste qu'aucun sacrifice ne me coûtera pour lui plaire ?

POLIXÈNE.

Ma sœur ne sait ce qu'elle fait !

ERNEST.

Et que sous un faux prétexte, et lorsque c'est moi qui aurais plus d'un motif pour me plaindre et l'accuser, elle exige que notre mariage soit reculé, afin de le rompre plus tard, sans doute... Et cela, parce que je la prie de penser un peu pour moi et d'hériter du rôle de ma tante dont, jusqu'ici, les conseils m'ont été si utiles !... La tâche est-elle, après tout, si pénible ?

POLIXÈNE, souriant.

Ma sœur est une sotte, vous dis-je !... et, sans compliment, vous seriez le phénix des maris, s'il était possible qu'un pareil pût renaître de vos cendres !

ERNEST.

Un semblable éloge !... Combien je suis fier, mademoiselle...   (On entend du bruit.)

POLIXÈNE.

Ce bruit ?...

ERNEST, regardant par la croisée de droite.

Un poney qui entre dans la cour du château.

POLIXÈNE, avec joie.

Un poney !

ERNEST.

Monté par M. Montmorin qui, sans doute, vient d'en faire l'acquisition. Vous savez que les écuries de Crémieux sont près d'ici ?...

POLIXÈNE, à part et avec une joie ironique.

Ah ! je disais bien qu'on finirait par plier !

SCÈNE XVI.

LES MÊMES, LUSSEY.

LUSSEY, à Polixène.

Je te donne en mille à deviner la nouvelle galanterie de ce cher Montmorin ?

POLIXÈNE, avec ironie.

Qui sait ? J'avais fantaisie d'un poney, et peut-être...

LUSSEY.

Tout juste !... Eh bien ! que dis-tu de cette dernière preuve de l'amour du capitaine ?

POLIXÈNE, froidement.

Rien. Il n'a fait que son devoir.

LUSSEY.

Son devoir !

ERNEST.

Sans doute.

LUSSEY.

Vous en parlez bien à votre aise ! Ignorez-vous que c'est une folie qui lui coûte mille écus ?

POLIXÈNE, avec ironie.

Le beau mérite, si elle ne lui coûtait rien !

LUSSEY.

Au moins pourrais-tu en témoigner plus de reconnaissance ! Allons, tu veux rire, j'en suis sûr ! Au surplus, voici Montmorin.

ꝍꝍꝍꝍꝍꝍꝍꝍꝍꝍꝍꝍꝍꝍ ꝍꝍꝍꝍꝍꝍꝍꝍꝍꝍꝍꝍꝍꝍꝍꝍ

SCÉNE XVII.

LES MÊMES, MONTMORIN.

MONTMORIN, d'un air contraint.

Soyez satisfaite, mademoiselle, vos souhaits sont accomplis... ainsi tout nuage doit disparaître de notre horizon.

LUSSEY.

Comment ?

POLIXÈNE, d'un ton un peu railleur.

Il paraît que vous avez eu regret de ce qui s'est passé, monsieur Montmorin ?

MONTMORIN, d'un air contraint.

Je présume que ma conduite actuelle en est la preuve...

LUSSEY, plaisantant.

Quant à moi, j'ignore complétement les causes de la rupture ; mais je certifie qu'on aurait mauvaise grâce à refuser les arrhes du traité ! (A part.) Le poney est magnifique !

POLIXÈNE, d'un ton railleur.

Telle n'est pas non plus mon intention.

Dieu fit du repentir la vertu des mortels.

MONTMORIN, piqué.

Du repentir ! (A part.) Oh ! sans ma promesse !...

POLIXÈNE, d'un ton railleur.

N'allez-vous pas discuter sur ce qui fait votre seul mérite ?

MONTMORIN.

Permettez... je puis passer condamnation sur un point... parce qu'il faut bien concéder quelque chose à la nature capricieuse des femmes ; mais...

POLIXÈNE, avec humeur.

Comment l'entendez-vous ?

MONTMORIN.

Mais cela ne m'empêche pas de conserver *in petto* toutes mes opinions !

LUSSEY.

A qui en ont ils donc tous deux ?

POLIXÈNE, avec ironie.

Ce n'est pourtant pas là ce que monsieur disait tout à l'heure !

MONTMORIN.

Qu'importent les mots ! Tout n'est-il pas dans ce qu'on pense !

POLIXÈNE.

Ainsi, ces droits prétendus dont vous n'avez pas craint de parler ce matin... vous croyez que vous pourriez, à la rigueur les faire valoir ?

MONTMORIN.

Plus que jamais !

POLIXÈNE, avec une ironie prononcée.

Par malheur, certain poney entré tout récemment dans l'écurie du château... surtout la physionomie pleine d'humilité avec laquelle il a été offert... après avoir été formellement refusé, prouvent le contraire !... Cela est fâcheux ; mais le fait est insolent... il vous donne un démenti !

MONTMORIN, vivement et avec ironie.

Le fait !... Rayez cette erreur de votre esprit, s'il vous plaît. Si l'on a cédé, c'est qu'apparemment le motif de la querelle ne méritait pas qu'on fît usage de sa toute puissante volonté !

POLIXÈNE, avec colère.

Pas un mot de plus !

LUSSEY.

Parleriez-vous sérieusement ? Oh ! c'est impossible !...

MONTMORIN.

Et quant à l'humilité que vous avez cru remarquer sur mon visage... pour rendre à chacun ce qui lui revient, vous voudrez bien, je vous prie, en faire hommage à mademoiselle votre sœur !

POLIXÈNE, avec colère.

A ma sœur !

MONTMORIN, du ton le plus railleur.

Oui, à votre sœur dont vous devriez aussi écouter plus souvent les avis. Vous auriez beaucoup à y gagner, je vous en préviens !

POLIXÈNE, exaspérée.

Oh ! c'est trop fort ! Et lorsque maintenant vous demanderiez à faire amende honorable !... quand vous consentiriez à vous courber sous mes désirs les plus futiles, sous mes caprices les plus extravagans, comme sous mes volontés les plus positives, j'aimerais mieux passer ma vie seule et misérablement que de l'associer à la vôtre ; j'aimerais mieux mille fois mourir vieille fille que de vous épouser !

MONTMORIN, exaspéré.

Et moi, je vous déclare net que vinssiez-vous en personne me supplier d'oublier cette scéne indigne, ma plus douce jouissance serait de repousser des excuses que le *repentir* le plus sincére et la plus profonde *humilité* ne parviendraient pas même à me faire écouter !

POLIXÈNE.

Des excuses ! des excuses !...

LUSSEY, courant après Montmorin.

Montmorin !...

MONTMORIN, se dégageant.

Non ; c'est inutile ! entre mademoiselle et moi, je jure que tout est fini !　　　　(Il sort.)

SCÈNE XVIII.

LUSSEY, POLIXÈNE, ERNEST.

LUSSEY.

Est-ce un rêve ou un une plaisanterie?

POLIXÈNE.

Oh! ni l'un, ni l'autre!

LUSSEY.

Comment! de deux couples qui semblaient créés exprès pour s'adorer, l'un demande à retarder son mariage, tandis que l'autre jure qu'il ne se mariera jamais... Mais c'est de la folie!...

POLIXÈNE.

Du tout!... c'est de la raison!

LUSSEY, d'une voix suppliante.

Montre-le donc, en écoutant sa voix, ma chère Polixène. Voyons, sois plus sensée que ta sœur; et puisque chacun ici, même moi, semble avoir perdu la tête aujourd'hui, de grâce, aie-s-en pour tout le monde!

POLIXÈNE.

A ce prix-là, jamais!

LUSSEY.

J'en appelle à monsieur Ernest. Est-il possible de contraindre un mari à se soumettre à toutes les fantaisies qui peuvent passer par la tête d'une femme?

ERNEST, timidement.

Pourtant, lorsqu'un mari aime sa...

LUSSEY.

Vous ne parlez pas sérieusement?

ERNEST.

Mais... mais si fait.

LUSSEY.

Sur mon honneur, c'est incroyable! Et vous vous seriez tous donné le mot pour me faire endiabler, que vous ne vous y prendriez pas autrement!

SCÈNE XIX.

LES MÊMES, UN DOMESTIQUE.

LE DOMESTIQUE.

Quelques lignes au crayon que M. Montmorin vient de me remettre pour monsieur.

LUSSEY.

Donne vite. (Le domestique sort. — Lisant.) « Mon » vieil ami, je ne suis pas un ingrat, et j'apprécie » du fond du cœur toutes les marques d'intérêt » dont vous m'avez comblé, toutes celles dont » vous vouliez m'accabler encore; mais, quelques » titres que vous ayez à ma reconnaissance, j'a- » voue qu'il serait au dessus de mes forces de » pouvoir sympathiser avec Mlle Polixène. »

POLIXÈNE.

Il lui sied bien de parler!

LUSSEY, lisant.

« Je pars donc, et sans même vous faire des » adieux que les circonstances rendraient trop pé- » nibles pour tous deux... » (Parlant.) Partir! mais c'est impossible!... Quoi! une rupture toujours si funeste à la réputation d'une jeune personne!... Y songez-vous bien? D'ailleurs il me faut un contrat pour aujourd'hui!... il me le faut absolument!... Deux cents personnes invitées!... un ministre... un ministre des finances dérangé!... Et aucun moyen de contremander ma soirée!... (Très animé, à Polixène.) Ainsi toute résistance serait inutile, mademoiselle; et si, comme je l'espère, Montmorin n'a pas quitté le château, s'il en est temps encore, vous l'épouserez... Vous l'épouserez ce soir!

POLIXÈNE, assise dans un fauteuil, et du ton le plus résolu.

Vous me briseriez dans ce fauteuil plutôt que d'arracher mon consentement!

LUSSEY, regardant par la fenêtre de droite.

Que vois-je?... Montmorin à cheval!... Montmorin qui s'éloigne!... (Appelant.) Hé!... hé!... Montmorin!... (Parlant.) Il me salue de la main... son cheval prend le galop!... (Appelant.) Montmorin, par pitié!... (Parlant.) Il est déjà trop loin... il ne m'entend plus .. Mes forces m'abandonnent .. Ah! que vais-je devenir?...

(Il tombe épuisé dans un fauteuil.)

SCÈNE XX.

LES MÊMES, EUGÉNIE.

EUGÉNIE, à part, en entrant.

Pauvre oncle!

LUSSEY, l'apercevant.

Eugénie! Nous sommes sauvés... Toi qui es si bonne, si douce, si soumise, oh! dis-moi vite que tu ne refuses plus de signer aujourd'hui même ton contrat; car, vois-tu, c'est le seul moyen de me tirer d'un embarras inextricable.

EUGÉNIE.

Croyez que votre chagrin augmente encore mes regrets de ne pouvoir vous satisfaire, mon bon oncle, mais j'ai obtenu votre consentement à un délai que je crois indispensable, et vous voudrez bien permettre...

LUSSEY, hors de lui.

N'achève pas; nièce ingrate!... N'ai-je pas payé par quinzaine années de soins le droit d'exiger...

EUGÉNIE, avec émotion.

Oui, si vous tenez à faire le malheur de ma vie!

LUSSEY.

Le malheur de ta vie!... Voilà que je m'attendris à présent !... Oh! c'est impossible !... ce n'est pas là ce que j'ai promis à ton père... à mon pauvre frère !... Mais qui se serait attendu... après les peines inouïes que je me suis données pour assurer votre bonheur ! Quoi qu'il en soit, je n'ai plus qu'un parti à prendre... Et dussé-je être la fable de Paris ; dussé-je m'attirer l'animadversion d'un ministre inutilement arraché à ses occupations... d'un ministre irrité... perdre ma place peut-être !... je vais profiter des derniers instans qui me restent pour remédier autant que possible au mal que je n'ai pu empêcher !

EUGÉNIE

Une minute ! Écoutez-moi.

LUSSEY, dans le plus grand trouble.

Je n'écoute plus rien !

SCÈNE XXI.

POLIXÈNE, EUGÉNIE, ERNEST.

EUGÉNIE.

Tout n'est pourtant pas désespéré.

ERNEST.

Vous ignorez sûrement que Mlle Polixène refuse d'épouser M. Montmorin ?

POLIXÈNE, à sa sœur.

Oui, madame la conseillère, je refuse.

ERNEST.

Et que de son côté, M. Montmorin...

EUGÉNIE.

Si fait, je le savais ! (Montrant une lettre.) Avant de quitter le château, M. Montmorin a bien voulu me l'apprendre.

ERNEST.

Une correspondance entre vous... Quand je disais que vous étiez de connivence... que vous me trompiez !

EUGÉNIE.

Vous allez en juger. J'ai tout de suite compris qu'une rupture ouverte, qu'un éclat rendrait ce mariage impossible, et avant que la nouvelle se soit répandue (Appuyant.), dans l'unique but de ramener M. Montmorin aux pieds de ma sœur, je lui ai écrit à mon tour pour le prier de rentrer secrètement au château par la petite porte du parc. Avant un quart-d'heure, je l'espère, il sera dans ce salon où nous l'attendrons tous. (A Polixène.) Et nous saurons bien alors vous faire revenir tous deux sur une résolution irréfléchie que plus tard vous regretteriez certainement d'avoir prise.

POLIXÈNE, avec ironie.

Touchante générosité, dont vous me permettrez toutefois de ne pas profiter !

ERNEST, avec ironie.

Vous tenez sans doute à l'enflammer davantage par votre magnanimité !

EUGÉNIE, avec dignité.

Le trait ne me blesse pas. (Désignant Montmorin qui paraît dans le fond du théâtre.) Et voici ma vengeance !

SCÈNE XXII.

LES MÊMES, MONTMORIN.

MONTMORIN, ne voyant d'abord qu'Eugénie qui se trouve près de la porte du fond.

J'accours à vos ordres, mademoiselle. (Apercevant Ernest et Polixène.) Des témoins !... souffrez...

(Il veut s'en aller.)

POLIXÈNE, voulant s'en aller aussi.

Je me retire.

EUGÉNIE, les retenant tous les deux.

Je vous en supplie, laissez-moi vous répéter que vous ne sauriez persister dans une résolution funeste...

POLIXÈNE, avec ironie.

C'était une scène préparée !

EUGÉNIE, avec reproche.

Ah! Polixène !...

MONTMORIN, avec reproche, à Eugénie.

Vous l'entendez ? Était-ce pour m'exposer à de pareils mépris que vous m'avez rappelé ?

EUGÉNIE.

Vous ne le croyez pas ?

MONTMORIN, avec tendresse.

Oh! non, car, de votre part, l'apparence seule d'un tort me semble impossible !

POLIXÈNE, avec ironie.

Comme vous prenez feu !... M. Ernest pourrait bien avoir raison !

ERNEST.

Vous voyez! Quand je parlais de connivence..

EUGÉNIE, avec dignité.

Ah! monsieur, cette supposition...

MONTMORIN, avec feu.

De grâce, ne vous en défendez pas tant ! ce serait un si grand bonheur pour moi de vous avoir pour complice !

POLIXÈNE, avec l'ironie la plus marquée.

Eh! mon Dieu! puisque vous vous appréciez si bien, que ne vous mariez-vous ensemble ?

EUGÉNIE.

Ma sœur !

MONTMORIN.

Que dites-vous ?

ERNEST.

Il ne manque plus que cela !

POLIXÈNE.

Qui vous en empêche?... Qui s'y oppose?

MONTMORIN, avec feu.

Oh! je serais le plus heureux des hommes si mademoiselle pouvait y consentir! Un ange! la douceur même!..... qui me ferait faire tout ce qu'elle voudrait... *elle!* Mais après le refus si formel que j'ai là... (Il indique la poche de son habit.) comment oser espérer?...

EUGÉNIE, avec dignité.

M. Montmorin a raison; et si flatteuse que soit une pareille offre, maintenant comme il y a une heure, je refuse un titre destiné à une autre.

POLIXÈNE, avec dédain.

Oh! qu'à cela ne tienne! cette autre eût-elle des droits, les céderait avec satisfaction!

EUGÉNIE.

Quand il serait vrai! pourrais-je oublier que j'ai promis à monsieur (Elle désigne Ernest.) un temps d'épreuve...

ERNEST, avec une légère ironie.

Vous êtes bien bonne!

EUGÉNIE.

Je ne suis donc pas maîtresse de mes actions... je dépends de lui...

ERNEST, à demi-voix.

Que résoudre?

POLIXÈNE, avec fermeté, à l'oreille d'Ernest.

Renoncez à vos prétentions!

ERNEST, avec fermeté, après avoir hésité un instant.

Eh bien! oui, je m'en rapporte à vous; car vous êtes la première personne qui ayez voulu me donner un conseil!... Je dégage mademoiselle de sa parole... (A Polixène.) A une condition cependant, c'est que vous consentirez à être à l'avenir mon seul mentor..... que vous remplacerez ma tante?

POLIXÈNE.

La proposition n'est peut-être pas à dédaigner... Au surplus, je l'examinerai et j'aviserai.

ERNEST.

Vous n'avez donc pas pitié de votre... de notre oncle?... Songez qu'avant une heure ses invités vont arriver!

POLIXÈNE.

Croyez-vous qu'il me faille si long-temps pour me décider?

MONTMORIN, à Eugénie.

Puisque vous voilà tout à fait libre, un seul mot, et je suis au comble de la joie!

LES MÊMES, LUSSEY.

LUSSEY.

Je suis le plus infortuné des maîtres de maison!

POLIXÈNE.

Pourquoi tant vous tourmenter?

LUSSEY.

Pourquoi?... Mais la voiture du ministre... du seul invité que dans mon trouble j'avais essayé de prévenir, est au bout de l'avenue... Mon émissaire se sera croisé avec lui pour mon malheur!

POLIXÈNE, souriant.

Ce malheur-là est-il donc irréparable?

MONTMORIN, avec intention.

Peut-être même sera-t-il bientôt réparé?

LUSSEY, étonné en apercevant Montmorin.

Montmorin!

MONTMORIN.

Cela dépend de Mlle Eugénie.

LUSSEY.

D'Eugénie!

MONTMORIN, à Eugénie.

A quoi vous déterminez-vous?

EUGÉNIE, souriant.

Prononcez vous-même! Après la preuve de dévoûment que vous m'avez donnée, n'est-ce pas vous que les décisions importantes de ma vie doivent désormais concerner?

(Geste de satisfaction de Montmorin.)

LUSSEY.

Son dévoûment!... Enfin, que voulez-vous dire?

MONTMORIN, souriant.

Que vous aurez deux contrats à faire signer à son excellence.

LUSSEY.

Il serait possible!... Oh! répétez-moi cela mes enfans! si vous saviez quel bien vous me faites?... Pour moi un peu sans doute, mais surtout pour vous!... Vrai, ce qui me chagrinait le plus était de penser que vous manquiez le bonheur par votre faute, après en avoir été si près!

POLIXÈNE.

Le modèle des oncles!

LUSSEY.

Je disais bien aussi que vous deviez finir par vous entendre! (Avec attendrissement.) Polixène et Montmorin, Eugénie et Ernest, vous passerez des jours heureux; c'est moi qui vous le prédis! (Dans un état de complète béatitude, il fait passer Polixène du côté de Montmorin et Ernest du côté d'Eugénie; mais à peu près dans le même temps, les deux jeunes gens, après avoir fait comprendre par gestes et chacun suivant son caractère que cet arrangement ne leur convient plus, changent de place à leur tour, de sorte que

Polixène se retrouve près d'Ernest, et Eugénie près de Montmorin.) Que signifie ?

MONTMORIN.

Cela signifie que si vous voulez toujours notre bonheur, vous m'accorderez la main d'Eugénie et donnerez à M. Ernest celle de Mlle Polixène.

LUSSEY.

Qu'entends-je ?

POLIXÈNE.

La vérité.

ERNEST.

Et je vous promets même de ne pas attendre l'autorisation de ma tante pour accepter. (Regar-

dant tendrement Polixène.) N'est-il pas vrai, mademois... ma femme ?

POLIXÈNE.

Admirablement parlé !

LUSSEY.

Je n'en reviens pas !... des caractères si opposés !

MONTMORIN.

C'est précisément pour cela qu'ils s'entendront très bien ! Souvenez-vous de mes cinq duels avec le capitaine Froberville ! Sur le feu, croyez-moi, c'est de l'eau qu'il faut jeter ! — Avis aux inté-ressés !

FIN DES CONTRASTES.

Paris. — Imprimerie de BOULÉ et Ce, rue Coq-Héron, 3.

FRANCE DRAMATIQUE. — PIÈCES EN VENTE.

La Seconde Année.
L'Ecole des Vieillards.
L'Ours et le Pacha.
Le Camarade de lit.
Le Mari et l'Amant.
Les Malheurs d'un Amant
Henri III et sa cour.
Un Duel sous Richelieu.
Calas, de Ducange.
Michel et Christine.
Le Mariage de raison.
L'Hom. au masque de fer
La Jeune Femme colère.
L'Incendiaire.
La Vieille.
Le Jeune Mari.
La ... à marier.
Les Vêpres Siciliennes.
Ba... d'un jeune ménag.
L'Auberge des Adrets.
Philippe.
La Dame blanche.
Toujours.
40 ans de la vie d'une fem.
Le Lorgnon.
Bertrand et Raton.
Une Faute.
Le ci-devant jeune hom.
Marie Mignot.
Pourquoi?
Richard d'Arlington.
La Chanoinesse.
Les Comédiens.
L'Héritière.
Léontine.
Le Gardien.
Dominique.
Le Philtre Champenois.
Le Chevreuil.
Le Charlatanisme.
Vert-Vert.
Brats et Palaprat.
Le Mariage extravagant.
Le Paysan perverti.
Pinto, en 5 actes.
La Carte à payer.
Le Mari de ma femme.
Les Vieux Péchés.
Luxe et Indigence.
Zoé.
Louis XI.
Ninon chez Mme Sévigné.
Robin des Bois.
Marius à Minturnes.
Marie Stuart.
Les Rivaux d'eux-mêmes.
La Famille Glinet.
Les Héritiers.
Jeanne d'Arc.
Les Maris sans femmes.
L'Assemblée de famille.
Mémoires d'un Colonel.
Le Paria.
Les Deux Maris.
Le Médisant.
La Passion secrète.
Rabelais.
Les Deux Gendres.
Estelle.
Trente Ans.
Le Pré-aux-Clercs.
La Poupée.
La Tour de Nesle.
Changement d'uniforme.
Une Présentation.
Mme Gibou et Mme Pochet.
Est-ce un Rêve?
Fra Diavolo.
Robert-le-Diable.
Le Duel et le Déjeuner.
Zampa.
Avant, Pendant et Après.
Les Projets de mariage.
Un premier Amour.
Napoléon, ou Schoenbrunn et Ste-Hélène.
La Courte-Paille.
Le Hussard de Felsheim.
1760, ou les 5 Chapeaux.
Rigobul.
Frédégonde et Brunehaut.
Gustave III.

Elle est Folle.
L'Abbé de l'Epée.
Un Fils.
Les Inforts. de M. Jovial.
M. Jovial.
Victorine.
Catherine ou la Croix d'or
La Belle-Mère et le Gend.
Heur et Malheur.
Il y a Seize ans.
L'Héroïne de Montpellier
C'est encore du Bonheur.
La Mère au bal, et la Fille à la maison.
Jean.
Les Etourdis.
Valérie.
Faublas.
Picaros et Diégo.
Démence de Charles VI.
Une Heure de mariage.
Madame Du Barry.
Le Chiffonnier.
Le marquis de Brunoy.
Le Voyage à Dieppe.
Les Anglaises pour rire.
La Fille d'honneur.
Un moment d'imprudence
Le Dîner de Madelon.
Les Deux Ménages.
Le Bénéficiaire.
Malheurs d'un joli garçon
Robert, chef de brigands
Michel Perrin.
Une Journée à Versailles.
Le Barbier de Séville.
Les Cuisinières.
Le Noir. Pourceaugnac.
Marie.
Le Sécrét, et la Cuisinier
Clotilde.
Bourgmestre. de Saardam.
Le Roman.
Le Coin de Rue.
Le Célibataire et l'Homme marié.
La Maison en loterie.
Les Deux Anglais.
Le Mariage impossible.
La Ferme de Bondi.
Werther.
La Prison d'Edimbourg.
La Première Affaire.
La Famille de l'Apothic.
Don Juan d'Autriche.
L'Enfant trouvé.
Le Poltron.
Le Facteur.
Misanthrope et Repentir
Le Châlet.
Petrinet Leclerc.
Moiroud et Compagnie.
Agamemnon.
Chacun de son côté.
Le Vagabond.
Thérèse.
Sans Tambour ni Tromp.
Marino Faliero.
Fanchon la Vielleuse.
Prosper et Vincent.
Glenarvon.
Le Conteur.
Le Calede de Walter Scott.
La Dame de Laval.
Carlin à Rome.
Les Deux Philibert.
Les Couturières.
Couvent de Tonnington.
Le Landau.
Une Famille au temps de Luther.
Le Poitevin.
Honorine.
Angeline.
La Princesse Aurélie.
Les Petites Danaïdes.
Sophie Arnould.
Un Mari charmant.
Les Deux Frères.
Madame Lavalette.
La Pie Voleuse.
La Famille Improvisée.

Les Frères à l'épreuve.
Le Marquis de Carabas.
La Belle Ecaillère.
Les Deux Jaloux.
Laitière de Montfermeil.
Les Bonnes d'Enfans.
Farruck le Maure.
Monsieur Sans-Gêne.
Monsieur Chapolard.
La Camargo.
Préville et Taconnet.
Le Bourru bienfaisant.
La Fille de Dominique.
Philosophe sans le savoir.
Rossignol.
Deux vieux Garçons.
Jeunesse de Richelieu.
Le Père de la Débutante.
L'Avoué et le Normand.
La Juive.
Un Page du Régent.
Les Indépendans.
Les Huguenots.
Mal noté dans le quartier.
L'Idiote, dr. en 4 actes.
Surette.
Guillaume Colmann.
Les Deux Edmond.
Le Serment de Collége.
La Vie de Garçon.
La Camaraderie.
Le Commis Voyageur.
Liste de mes Maîtresses.
Alix, ou les Deux Mères.
Israali, parodie.
99 Moutons et un Champenois.
Un Ange au sixième étage
Frascati, vaud. en 3 actes
La Cocarde tricolore.
La Muette de Portici.
La Foire Saint-Laurent.
Clermont.
Le Pioupiou...
Perruquier de la Régence
Le Chevalier du Temple.
Le Mariage d'argent.
Le Camp des Croisés.
Mademoiselle d'Aloigny.
Une Vision ou le sculpteur
Le Bourgeois de Gand.
Le Pauvre Idiot, d. 5 act.
Louise de Lignerolles.
L'Homme de Soixante ans
Marguerite.
La Belle-Sœur.
Céline la Creole.
Mademoiselle Bernard.
Précepteur à vingt ans.
Madame Grégoire.
La Cachucha.
Samuel le marchand.
Guillaume Tell, op. 4 a.
Henri Hamelin, dr. 5 a.
Un Testament de dragon
Le Ménestrel, com. 5 a.
Bayadères de Pilbiviers.
Peau d'Ane, en 5 actes
L'Ouverture de la Chasse
La Vieux Château.
Thérèse, opéra-comique.
L'Obstacle imprévu.
Richard Savage, dr. 5 a.
Le Grand-Papa Guérin.
Le Général et le Jésuite.
La Boulangère a des écus
D. Sébastien de Portugal
C'est monsieur qui paie.
Mademoiselle Clairon.
Ruy-Brac, p. de Ruy-Blas
Une Position délicate.
Randal, dr. en 5 actes.
L'Enfant de Giberne.
Sept Heures.
Un Bal de Grisettes.
Candinot, roi de Rouen.
Françoise et Françoise.
La Mantille.
Les Trois Gobe-Mouches
Postillon franc-comtois.
Mademoiselle Nichon.
Dagobert.

Les Maris vengés.
Une Saint-Hubert.
La Fille d'un Voleur.
Les Sermens.
Le Planteur.
Jaspin, com.-vaud.
Le Père Pascal.
Nanon, Ninon, Maintenon
Phœbus.
Les Camarades du minist.
Vingt-six ans.
La Canaille.
L'Eclair.
L'intérieur des Comités révolutionnaires.
La Laitière de la Forêt.
Bobèche et Galimafré.
La Femme Jalouse.
Le Panier Fleuri.
Le Protégé.
Le Diamant.
Les Treize.
Naufrage de la Méduse.
L'Eau merveilleuse.
Geneviève la Blonde.
Industriels et Industrieux
Le Pied de mouton.
La Grande Dame.
Passé minuit.
Le Susceptible.
Le Pacte de Famine.
Tribut des Cents Vierges
Isabelle de Montréal.
Une Visite nocturne.
Madame de Brienne.
Un Ménage parisien.
Les Brodequins de Lise.
Valentine.
La Belle Bourbonnaise.
Mademoiselle Desgarcins
Passé Midi.
Les Trois Quartiers.
La Nuit du Meurtre.
La Fiancée.
Les Ouvriers.
L'Elève de Saumur.
Carte blanche.
Chantre et Choriste.
Chansons de Béranger.
La Fille du Musicien.
La Rose Jaune.
Le Shérif.
Les Filles de l'Enfer.
César, ou le Chien du château.
Eustache.
Argentine.
L'Amour.
Fiancée de Lammermoor.
Le Père de Famille.
Bélisario.
Le Débardeur.
La Symphonie.
Sujet et Duchesse.
Ecorce russe et Cœur français.
Un Scandale.
Le Bambocheur.
Le Philtre, opéra.
Le Tasse.
Léonide, ou la Vieille.
A Minuit.
Le Coffre-fort.
Fénélon, par Chénier.
Les Machabées.
La Lune Rousse.
L'Amant bourru.
Cartouche, ou les Voleurs
L'espionne Russe.
Les Deux Normands.
Le Soldat de la Loire.
Malvina, ou le Mariage.
Le plus beau jour de la vie
Polder, ou le Bourreau.
Louise, ou la Réparation
Les Premières Amours.
Le Colonel.
Le Coiffeur et le Perruquier.
La Reine de seize ans.
Keitly, ou le Retour.
La Famille Riquebourg.

Lisbeth, ou la Fille du Laboureur.
La Lune de Miel.
La Correctionnelle.
La République, l'Empire et les Cent jours.
Les deux Forçats.
Quaker et la Danseuse.
Les Enfans d'Edouard.
Velva.
La Marraine.
La Mansarde.
La Fille du Cid.
Assemblée de Créanciers.
Le Soldat laboureur.
Les Cabinets particuliers
Les Deux Systèmes.
La Reine d'un jour.
Régine ou Deux Nuits.
L'Humoriste.
Lénora.
Hochet d'une Coquette.
La Fausse Clé.
Le Secret du Soldat.
La Peur du Tonnerre.
La Neige.
Le Jésuite.
Les 6 Degrés du Crime.
Les Deux Sergens.
Le Diplomate.
L'œil de verre.
Latréaumont.
Le Code et l'Amour.
Une Jeune Veuve.
La Mansarde du Crime.
Judith.
Madame Duchatelet.
Ce Verre d'eau.
Masaniello.
Je connais les femmes.
La Rose de Péronne.
Deux Sœurs.
La Grace de Dieu.
La Dette à la Bamboche.
Une nuit au Sérail.
L'embarras du choix.
La Popularité.
Caravage.
Un Monsieur et une Dame
Les Pénitens blancs.
Christine.
Permission de 10 heures
Béatrix, drame.
Voyage de Robert-Macaire.
Comité de Bienfaisance.
Floridor le Choriste.
La Mère et la Fille.
La Fille du Tapissier.
Le Veau d'Or.
Mari de sa Cuisinière.
Le Débutant.
Le Quinze ayant Midi.
Deux Dames au Violon.
Le Beau-Père.
La Maîtresse de Poste.
L'Homme Gris.
Le Bureau de Placem.
Les Oiseaux de Bocage.
Le Festin de Pierre.
Le Bon Ange.
Les Économies de Cabochard et Sous-Clé.
Frère et Mari.
Le Bon moyen.
Un Mari du bon temps.
La Prétendante.
Le Secret du Ménage.
La Citerne d'Albi.
Un Mois de fidélité.
Le Cousin du ministre.
Gabrina.
Le Caporal et la Payse.
Les Pontons.
Les Papilles de la Garde.
Chevilles de Mtre Adam.
Mlle de Mérange.
Pétrucci.
La Vie d'un Comédien.
La Chaise Electrique.
Marie.

Nicolas Nickleby.
L'une pour l'autre.
Les Philantropes.
L'oncle Baptiste.
L'Avocat de sa cause.
Les Jumeaux béarnais
L'Hôtel garni.
Le Voyage à Pontoise.
Jeu de l'amour et du hasard.
Le Parleur éternel.
Le Turc.
Mon coquin de neveu.
Jeunesse orageuse.
Edouard et Clémentine.
L'ingénue de Paris.
Un Veuvage.
La journée d'une jolie femme.
L'Anneau de la marquise.
Le petit Chaperon rouge.
Le Dernier Marquis.
Les Deux Voleurs.
La Branche de chêne.
Mathilde.
Brigitte.
C'était moi.
L'héritage du mal.
Le docteur Robin.
Le Portrait vivant.
Pietro le Noir.
Le Bourgeois grand seigneur.
Gustave Mammose.
Une Chaîne.
Les Diamans de la Couronne.
Le Diable à l'école.
Le duc d'Olonne.
Le Code pénal.
Oscar ou la Mari.
Kiosqun.
Carmagnola.
La Main de fer.
Le Fils de Cromwell.
Mathilde.
Le Capitaine Charlotte
Trafalgar.
Magasin de graine du ?
Paquerette.
Marquise de Rantza
La Part du Diable.
Un Mari, s'il vous plaît
Delphine.
Les Jarretières de ma femme.
Quand on n'a rien à faire.
Le Roi de Cocagne.
La Nuit aux soufflets.
Duchesse et Poissarde
Tabarin.
Bertrand l'horloger.
Les Hures-Graves.
Georges et Thérèse.
Un Péché de Jeunesse
Les Contrastes.